SOBRE GAROTOS QUE BEIJAM GAROTOS

ENRIQUE COIMBRA

SOBRE GAROTOS QUE BEIJAM GAROTOS

FLUPP
Casa da Palavra

Este livro foi revisado segundo o Novo Acordo Ortográfico da Língua Portuguesa.

Curadores do selo FLUPP
Ecio Salles e Julio Ludemir

Preparação
Beatriz Sarlo

Revisão
Marília Lamas
Samuel Sabóia
Weslley Reis

Capa
D29/Sílvia Dantas

Imagem de capa
g-stockstudio / Shutterstock.com

Diagramação
Filigrana

CIP-BRASIL. CATALOGAÇÃO-NA-FONTE
SINDICATO NACIONAL DOS EDITORES DE LIVROS, RJ

C633s
Coimbra, Enrique
Sobre garotos que beijam garotos / Enrique Coimbra. - 1. ed. - rj : Casa da Palavra, 2015.
21 cm.

ISBN 978-85-7734-587-8
1. Romance brasileiro. I. Título.

15-25248 CDD: 869.93
CDU: 821.134.3(81)-3

CASA DA PALAVRA PRODUÇÃO EDITORIAL
Av. Calógeras, 6, sala 701 - Rio de Janeiro
21.2222-3167 21.2224-7461
editorial@casadapalavra.com.br
www.casadapalavra.com.br

NOTA DO AUTOR

Senti necessidade de escrever *Sobre garotos que beijam garotos* (ou *SGQBG*, o que não facilita nada) depois de viver mais uma aventura emocionalmente masoquista com um menino heterossexual. Esses relacionamentos impossíveis, essas experiências para sanar curiosidades que não definem condição sexual são comuns na minha trajetória romântica. Não me pergunte o porquê! Garotos heterossexuais curiosos sempre penderam para uma exploração que vai além do sexual, incluindo o companheirismo de ter outro cara ao lado, com a diferença de que esse não julga e, bem, dá pra beijar sem ter de atestar nada. Todos os personagens e situações são baseados em fatos (muito) reais, mas que não aconteceram apenas comigo. Vieram de amigos, desconhecidos, conversas que ouvi quase sem querer e aplicativos para smartphones. Espero que você se identifique. Prioritariamente com a parte que você não quer admitir para si.

AGRADECIMENTOS

Não sinto amor automático por ninguém, nem pela família. Só consigo amar quem me ama. Poucas pessoas demonstraram tanto amor por mim quanto minha mãe, minha avó e minha filha – Noely, Marly e Crystal. Minha mãe e minha avó são as mulheres mais guerreiras que já conheci, e Crystal é a vira-lata mais humana do mundo. Também preciso agradecer aos leitores do Discípulos de Peter Pan, site que construí na base da porrada e do suor, e a todos os inscritos do meu canal no *YouTube*, o *Enrique Sem H*. Repito que estou cercado de gente do bem, que prefere construir a destruir, e isso diz tudo.

PRÓLOGO

Como a gente começou a se beijar é uma lembrança que vai se reconstituindo lentamente, conforme ele experimenta minha língua com a calmaria típica de um geminiano sistemático. Nós sabemos o que estamos fazendo. Somos grandinhos. Mas tenho a insossa sensação de responsabilidade ao entender que ele nunca teve as orelhas chupadas por outro cara. Os lábios beliscados e repuxados como chicletes tutti-frutti com recheio molhado.

Sabe o que mais gosto nele? Não tem vergonha. Nem receio. Sobre o ventre dele, paro e afasto minha língua do pescoço branco para vê-lo sorrir. Ele abre os olhos azuis e não os mexe, deixa-os boiar, encarando os meus, verdes e comuns, como quem diz "continua". Quero continuar.

Continuo.

Porque sei que, enquanto mordo os mamilos e massageio meu corpo usando o dele, não passo de uma experiência. Sou só o menino que ele resolveu chamar para beber pelas ruas e caminhar sem destino. Porque sabe quem sou: o moleque que não se prende, o garoto que se apaixona por vários outros garotos, mas nunca estaciona com ninguém. Desapegado. Mais ainda, porque somos parecidos em tudo.

Por essa razão, tento frear o tesão. Deixar de me esfregar na barba ruiva com cheiro de xampu de cravo. Porque, assim como eu, ele parece cultivar a tendência de se apaixonar por quem não o quer. E desde o momento em que descemos na avenida Gláucio Gil, me sinto mais apaixonado do que me permito.

Isso significa que não terminaremos juntos.

O que me incomoda é não saber como agir. Não sei se devo falar, não sei se devo calar. Não sei se tomo as decisões ou se o deixo me guiar. Não gosto de pessoas óbvias. Eu me interesso por quem não consigo ler. Mas, quando não tenho o controle da situação, logo o cara que está sempre mil passos à frente de todo mundo, fico desnorteado.

Ele sorri com os olhos e eu fico tonto. *Estou* tonto. Jogamos dentro da coca sem gás o resto de vodca que tinha na geladeira depois que ele se vestiu como eu, *all black*. Se não fosse por meus pés de chinelos e minha pele mais amarelada do que a brancura manchada e os tênis de skate dele, estaríamos de uniforme. Dois ninjas num remake ferrado dos *Goonies*.

– Essas ruas são muito lisas, olha só. – Ele dá as costas pra mim e finge deslizar a mão sobre o asfalto preto e perfeito. – Queria muito andar de skate agora.

– Anda. – Ele não vê as coisas como eu vejo, mas entendo que está disposto. Então Ian começa a correr como se estivesse sobre o skate, imitando com a boca o atrito das rodas duras contra o composto de petróleo assentado.

– Saca só – ele diz quando pula sobre os paralelepípedos da calçada e finge girar o skate no ar. – Mandei.

É, mandou. É difícil encontrar alguém que surpreenda numa manhã de sexta. Ainda mais difícil encontrar quem surpreenda me convidando para fazer o que nunca convido ninguém pra fazer comigo. Porque ninguém em sã consciência aceitaria vir para a praia com uma garrafa de martíni pra beber enquanto anda. Enquanto anda de skate imaginário. "Quero fazer o que você faz, me mostra teu universo", cheio de poesia, foi assim que ele me chamou no Facebook. Como eu diria não? Por que diria? Eu me senti menos sozinho.

– Quero te mostrar a pedra – diz.

Depois que o alcanço numa corrida que me faz transpirar álcool pela testa, ele passa o braço por cima de meus ombros e caminha mais rápido. Não sei de que pedra ele está falando e, sinceramente, nem estou muito curioso. Por mim, a gente só andaria e andaria, sem rota, sem ter de pensar. Pensar é maldição. Quanto mais você questiona, mais você sabe. Você sabe que o governo é corrupto. Você sabe que vai crescer. Você sabe que não nasceu do amor de duas pessoas, mas de uma transa safada no banco do carro. Saber faz mal.

Sabendo que essa pedra no final da praia é tão incrível assim, me arrependo de não tê-la conhecido antes, de nunca ter ouvido falar dela. Fica bem atrás do condomínio de apartamentos baixos, saindo da calçada contornada por altas palmeiras e invadindo o mar vagamente agitado, que estoura na ponta mais afastada. O céu ilumina tanto os buracos que nem o martíni nos faz tropeçar. O ar cheira a maconha e eu sei o que ele vai dizer antes de abrir a boca: "Quero fumar."

– Uau. – Demonstro minha surpresa com o hino magnífico da água contra as rochas e a visão privilegiada da Pedra do Pontal por um ângulo que nunca vi. Isso o satisfaz. Somos iguais. Gostamos de tirar as palavras das pessoas pelo que podemos apresentar. Mas a gente ri por coisas estúpidas e fala com exagero cômico sobre expressões de arte que a gente não liga ou sobre o que não sabe, até ele pedir permissão pra mijar:

– Posso mijar no mar? Não é desrespeito?

– Acho que é menos pior do que mijar numa árvore. No mar o xixi vai embora.

– Peixe também mija, né?

– Acho que mija.

– Se peixe mija, tá tudo bem.

E ele se vira para o oceano, libertando a cascata de nossos exageros numa queda livre contra o azul-marinho escuro e cheio de espuma. Volta em dois segundos e eu fico surpreso de novo: como alguém faz xixi tão rápido? Não gosto de gente que faz xixi rápido, parece que bebeu pouco. Se for pra beber, gosto de gente que bebe muito. E mija muito. Gente que bebe com gosto.

— Saí com um americano uma vez. Carter, nova--iorquino. Ele nunca tinha tomado cachaça, e eu sou um péssimo exemplo de ser humano. Comprei uma 51 e um suco de uva à base de soja e obriguei o coitado a tomar comigo na suíte do hotel onde ele estava hospedado. A primeira dose foi pura, pra ele aprender a não ser estúpido como eu. Depois misturamos com o suco e tomamos. Nem fiz careta, só para deixá-lo impressionado, mas aquilo estava muito ruim. A gente se pegou assistindo aos *Simpsons* e ele quis fazer xixi. Só que antes de ir, parou no meio do quarto e disse: "Não faça o que eu faço! *Don't break the seal*", e depois foi. Quando voltou, perguntei o que significava esse "não remova o lacre, não quebre o selo", e ele explicou que depois que você rompe o lacre, ou seja, mija pela primeira vez, você mija toda hora. E foi uma das maiores verdades da minha vida.

Ele está rindo e a história nem tem tanta graça. Tenho vontade de rir dele. Não. *Com* ele.

– Você e seus gringos – ele fala, como se soubesse de todas as histórias da época em que eu usava aplicativos de celular para trombar com turistas no Rio. Aí lembro que ele *sabe* das histórias. Leu meu blog de aventuras românticas. Ele sabe de tudo que gosto, do que não gosto e por que gosto. E foi por isso que me chamou pra sair hoje. Não só por causa do meu gosto particular por músicas que fazem transcender sem drogas. Não só por eu andar de skate e ele também. Muito menos por sermos parecidos. Ele me chamou porque quer me testar. E, depois das últimas semanas, quero testá-lo também.

Eu tinha reparado na lua nascendo amarela por trás da Pedra do Pontal há alguns minutos, mas só agora meu corpo recebe o comando de falar pro Ian sobre aquele sorriso do Gato de Cheshire iluminando o topo da ilha a metros e metros de altura. Dá pra ver o movimento da lua, sabe? Não dá pra percebê-la mexer, mas há dois segundos ela estava menos distante da pedra do que agora. E agora. E agora. Alcança a parte mais alta do céu e parece estacar. Ou não, já que não temos mais como medir. E quando descemos os olhos, encontramos nossos rostos. É magnético. Sem querer.

– Vamos andar? – ele corta meu barato, levantando sem esperar. Ian ainda sorri. Ele é pior que eu.

– Aonde vamos? – Sei esconder decepções. Mas talvez ele esteja certo: o momento não é *esse*.

– Vamos só... andar. – Ele pula a pedra pela esquerda, descendo alguns metros comigo até a areia. Não estamos mais no Recreio. Agora é a Praia da Macumba. Praia do

Pontal de Sernambetiba, se tiver fetiche por nomes oficiais. – Põe música aí.

Deslizo o dedo no celular e deixo a playlist com remixes *chillwave* para trás porque quero ouvir uma canção específica. Esqueço que estou acompanhado até dar play. Ele canta "Dig" comigo.

– Incubus! Porra, eu ouvia quando era mais novo. – É, eu também. E gostava de chorar com ela. Hoje a gente sorri e berra junto, chamando a atenção de alguns bêbados no quiosque que está fechando. A gente senta numa mureta que circunda um retorno, mas quero ir pra areia. Ele é chato e pergunta se trouxe algo pra não "sujar" a calça. Maricas. Vim de mochila, trouxe um cobertor. Serve? Tá bom. Tem um guindaste na beirada da areia. À nossa direita tem um canal com água suja e um monte de ratos debaixo da ponte que leva ao morro que contorna a Prainha, uma das orlas semisselvagens do Rio. Aqui não está tão escuro. De tão bêbados, são necessárias nossas quatro mãos para esticar o cobertor. Fica torto mesmo assim. Estamos sentados. Deitados. Nem quero saber que horas são. Nem ele. Ponho a playlist pra tocar e a primeira música é um remix de "Me & U", da Cassie. "ViLLAGE Bootleg Remix."

– Caraaalho – Ele tapa o rosto e se contorce, comemorando –, ouvi essa música a semana toda.

Eu sei.

Depois veio "Boss" (Ryan Hemsworth Remix), Stwo com "Lovin U", Cyril Hahn com "Perfect Form", e acho que é agora, em "Stay High" da dupla Hippie Sabotage, que ele segura minha nuca. Ele me olha sem conseguir parar os olhos alcoolizados. Beija apenas meu lábio superior. Ian está me olhando de novo, esperando reação. Essa playlist é tudo, menos sem querer. O momento é esse. Eu o puxo pela gola da camisa e lustro a boca dele com a minha. Ele não usa língua e eu gosto disso. Gente que cisca os lábios. Gente que não te engole. Que não baba.

Sei que ele é hétero. Sei que é meu colega. Mas acho que foi aqui que me apaixonei por e le. Somos muito parecidos, até no beijo. Não me deixa enjoado. E faz essas coisas, como levantar do nada e seguir na direção do guindaste.

– Vem – ele diz. E eu vou. A gente quer ir pro topo da máquina, mas não tem escada. Colocamos o pé no puxador da portinha enferrujada e nos esforçamos mais do que podemos. Não somos fortes. Somos comuns. Comuns e sem graça. Mas estamos bêbados. Bêbados são imortais. Estamos no topo. Ele me beija de novo. Eu não esperava por essa. Tiramos uma foto. – Essa é só nossa – ele completa com um selinho. Eu me encho de orgulho por ter um segredo gigante com ele. Ninguém o conhece por esse ângulo. Ele é como a Pedra do Pontal: eu não conhecia pelo ângulo que vi hoje.

Só que, assim como a lua que se afastou da pedra sem que a gente pudesse perceber até estar distante, ele já está lá embaixo e eu estou aqui em cima.

– Desce – ele grita. Sou maluco, eu pulo. É areia, não é? Não vou morrer. Mas dói nas pernas. Também consigo disfarçar dor com sorrisos, da mesma maneira que fiz com a decepção de alguns minut... Minutos? Horas? Droga, já nem sei. Agora quem o agarra sou eu. Ele bate a garrafa de martíni nas minhas costas sem querer e interrompe o beijo com uma risada. Pede desculpas.

Paro o beijo e digo:

– Vou pra casa.

Ian responde:

– Dorme na minha. Fica comigo.

Preciso levar na boa. Sou só uma experiência. Nada aqui é natural, é só experiência. Preciso acreditar nisso pra não sentir nada. É assim que faço com todo mundo.

– Tá bom.

Estamos indo pra casa dele a pé. Alterados e curiosos.

Pelo menos tem uma fogueira. Se ninguém estivesse chapado, achariam que eu estou mais chapado por encarar o fogo, imóvel, com a caipirinha na mão. Eu que fiz. Sou muito bom quando se trata de misturar álcool com açúcar. Na real, sou o único nessa social que *faz* bebida. Quem não quis virar tequila na garganta sentou ali no jardim pra fumar maconha. Quem não quis nem um nem outro já foi embora. Não é festa pra careta, a galera perde a linha aqui. Eu só continuo porque não consigo me mexer. Não consigo deixar de olhar pro fogo estalando em frente à minha cara. Esse calor é gostoso. Parece que tô dormindo de olhos abertos. Será que o inferno é assim, como um piquenique de psicopatas e estupradores ao redor de uma fogueira, assando carne de anjo? Não parece legal. Ao meu redor, há um monte de diabinhos drogados. Não que eu seja santo. Não sou. Apenas não sou como eles.

– Esse é o Enzo – Amanda me apresenta para os chapadinhos agora, me carregando pelo braço, dizendo pra eu deixar de ser antissocial. Não é isso. Só acho que são todos um monte de cópias das mesmas pessoas, uns dos outros. – Ele é meu melhor amigo – ela diz, mas não me sinto como melhor amigo dela. Sabe o que a Amanda mais gosta de fazer? Falar de si. Ouço os problemas dos outros porque gostaria que fizessem o mesmo comigo. Ela não chega perto disso: toda vez que tento falar, ela usa o que eu disse como gancho pra voltar para os problemas dela. Surda. Cega. Às vezes, eu a quero muda.

Sei que ela não é assim por maldade, da mesma maneira que esses garotos calçando Vans só me olham com julgamento por eu não estar fumando. Eles só aceitam o que conhecem.

Eu fumo às vezes. Eles fumam o dia inteiro, todos os dias. Sei que tenho a atenção das meninas que falam das férias em Toronto ou da última viagem à Disney, mas é só pela cor dos meus olhos. São comuns, mas adoram babar ovo de gente de olhos claros. Eu só quero ficar na minha. O que é mentira, porque se eu quisesse mesmo, não teria vindo pra essa festa. Só que gosto da Amanda. E gosto de álcool. Com açúcar. E gosto de festas em casas espaçosas, com jardim e quintal. E gosto de fogueiras. E não queria ficar sozinho numa noite de sábado. Era isso ou Grindr, aplicativo para celular onde homens se colocam em vitrines esperando que outros homens os levem para casa.

Do nada, Ian chega bêbado e agarrado com o melhor amigo. Não lembro o nome do moleque, mas a gente se esbarrou outras vezes. O chato de morar no Rio é que todo mundo se conhece. Se não é amigo, já cruzou as mesmas baladas, as mesmas festas, e se drogou com os mesmos conhecidos. Então a gente se lembra dos rostos, esquece os nomes, mas sabe que já se falou antes. Com isso, você nunca pode "começar do zero". Se cansar das pessoas, não pode conhecer novas, porque as novas terão de dois a doze amigos em comum no Facebook. E, se perguntar como se conheceram, a resposta vai ser: "Por aí." Sempre "por aí".

Amanda e Ian estão saindo, mas ela é grudenta, não sabe jogar, não sabe fazer um cara esperar. Ela se joga em cima dele e o beija de maneira feia. Não gosto de vê-los juntos, mas fico feliz por ela. Lembra que eu disse que *não saber* das coisas é melhor do que saber? Amanda sabe que ele já ficou com a melhor amiga dela. Ela não sabe que ele continua saindo com outras garotas. E ela não sabe que não passa de experiência. Em quê, exatamente, eu não sei. Mas é. Todo mundo sabe. Por isso ela é feliz: não sabe de nada.

– Cara, li teu blog – Ian me diz. Estamos em roda, tem muita gente conversando ao redor da fogueira. Minigrupos nascem e acho um saco falar de política. Eu gosto de falar de política, mas não com gente chapada. Gente chapada falando de política vira pedra: é o que eles acham e ponto. Não existem perspectivas. E eu sou apaixonado por perspectivas.

– É? O que achou? – Houve um silêncio constrangedor antes de eu perguntar. Achei que diria o que achou assim que começou a falar, mas a fogueira parece ter roubado a atenção dele também.

– Você é honesto. E, tipo, não é pornô. Suas histórias são eróticas, mas não são apelativas, são sinceras. Você conta uma experiência e... Sabe? Parecia um filme quando li. Cinematográfico e essas merdas.

– Não te incomoda o fato de ser um blog sobre minhas experiências homossexuais? – Sempre que pergunto isso, me sinto preconceituoso. Mas será que não incomoda mesmo?

– Não. É honesto. Tô repetindo isso direto, não tô?

Legal ele dizer isso. Acho que a gente nunca conversou de verdade. Não que essa seja uma conversa, mas é a coisa mais próxima de diálogo que já tivemos. De novo, se lembra daquele negócio que falei sobre as pessoas babarem em cima de pessoas de olhos claros que não são nada especiais? Mesmo tendo os meus, os dele parecem muito mais bonitos. E mais interessantes do que a fogueira.

Não sei se é uma intuição que partiu da evolução da espécie ou se é conquistada sobrenaturalmente depois de se reunir coragem e se expor fora do armário, mas o "gaydar" é quase sempre infalível quando você se torna gay. Não, não, sei que *nascemos* homossexuais, mas não é só porque o homem beija outro homem que ele tem esse detector. É apenas quando você se assume pra si mesmo que se torna gay, ou seja lá como se chama. Assim, é desbloqueada essa recompensa pela coragem: você pode dizer, sem pôr nem tirar, quem seria um potencial parceiro para a perpetuação da cultura. Não da espécie. Por isso, acho que não é só um joguinho de dedução qualquer: é a genética mostrando que os criacionistas podem estar *muito* errados quanto a muitas coisas. E meu radar apontou pra ele. Não sei explicar como, e ele nem sequer chega perto do tipo de cara com quem costumo me envolver, mas minha curiosidade imediata sobre Ian mostrou ali, nos olhos, que ele é o tipo de cara que me beijaria hoje. Com mais algumas cervejas no organismo, óbvio. Saber é ruim, não é? Eu me sinto incomodado por achar que sei disso. Melhor nunca descobrir. Por isso, eu quase sabia o tamanho da merda em que estava me metendo.

O amigo dele aperta minha mão, mas estou mais pra lá do que pra cá. Eu e Ian nos escondemos da Amanda pra falar um monte de baboseira. Especialmente pra eu caçoar dele por andar de *longboard*. Nada de errado em andar de *long*, mas nunca experimentar vertical é estúpido pra quem gosta de skate. Tem a ver com adrenalina. Tesão. Aliás, preciso tirar a poeira do meu.

Ele não sabe o que quer da vida e isso não parece incomodá-lo. Faz parte desses montes de garotos e garotas que ignoro por serem iguais em tudo: passaram dos vinte, estão na faculdade há mais tempo do que deveriam, moram sozinhos em apartamentos alugados pelos pais e só andam de carro. Playboys, pode-se dizer. Eu também sou. Presunçosamente, me acho mais divertido. Não gosto do falso conforto. Não gosto de fazer o que todo mundo está fazendo. Não que eu tenha prazer em ser do contra, mas meus gostos são contra tudo.

Odeio obviedade.

– Ele tá indo embora? – Assisto ao amigo dele sair com uma menina pelo portão automático da garagem. O cara se despediu de todo mundo e ainda não lembro o nome dele.

– Ele era minha carona. Agora vou ter de dormir aqui.

Ele está pensando o mesmo que eu: dormir com a Amanda pendurada no pescoço é dose. Lembro que a gente se encontrou na social de alguém semanas atrás. Esbarrei com ele na cozinha, enquanto caçava uma aspirina para o garoto com quem eu estava ficando. Ian sentou à mesa, suspirou, descolou os cabelos da testa suada. Não perguntei se estava bem. Não ligava. Mas ele disse mesmo assim: "Grude." E eu soube do que estava falando.

– Pode dormir na minha casa, se quiser. Diz que já tinha acertado comigo antes – dei a ideia. – Só acho sacanagem teu amigo te largar aqui.

– Cauã é gente boa. Não ia impedir a diversão dele.

– Vai querer, então?

– O quê?

– Dormir na minha casa?

– Achei que já tivesse dito sim. Sim.

— Seu namorado?

– Não, nada a ver. – Reviro os olhos e levanto a cabeça sonolenta da cama. – É um amigo, a gente saiu ontem.

– É bonito.

– É, mãe, eu sei. Não faz meu tipo.

Verdade. Mentira. De poucas palavras, olhar vago, barba loira e personalidade difícil de ler. O contrário da minha mãe, que abriu a porta do quarto segundos depois de ele ter ido ao banheiro, esbarrando com Ian no corredor. Corredores estreitos, intimidade demais.

– Ele é de onde?

– Daqui mesmo, do Recreio. – Mexo no meu cabelo castanho amassado como se pudesse consertar o estrago do travesseiro sem precisar de um banho. – A gente se fala pouco, mas ele tava muito bêbado na festa da Amanda ontem, então ofereci lugar pra ficar. Tem problema?

Ela diz que não. Especialmente se ele fosse meu namorado, pois tudo que ela quer é que eu arranje alguém, que deixe de lado esse desapego funcional para me apaixonar e, finalmente, entregar um genro que ela possa chamar de *dela*. Mesmo considerando constrangedor minha mãe julgar minha vida romântica, sei que tenho sorte por uma ex-trocadora de ônibus a ponto de lançar o quarto best-seller ser minha progenitora e amiga. Ela só não aceita maconha. Que bom que não fumo. Não muito.

Também não quer dizer que eu seja um monstro. Apenas não consigo acreditar em relacionamentos. Namorei duas vezes, um cara e uma garota. Aprendi que não sei o que é ter de me sentir obrigado a ligar para alguém e dar satisfações para onde vou, com quem ou fazer o quê. Não gosto do fardo de aguentar dramas sem lógica, porque a etiqueta diz: namorados precisam ser condescendentes. Não acredito que amor dure para sempre. Acredito que amar várias pessoas durante a vida não significa que "nunca encontrei o amor de verdade". Cinema e literatura criaram um amor especial pra te fazer acreditar que é mais infeliz do que realmente é. Mas, se parar pra pensar, poucos casais resistem firmemente à rotina. Porque amor desgasta, cansa. A pessoa te enjoa. Ela enjoa de você. E ninguém tem coragem de admitir. Aí desejam outras pessoas. Traem. Pode ser que você encontre alguém para a vida toda. Assim como pode ser que encontre *alguéns* a vida toda. E que um dia pare por medo da solidão. Ou porque tiveram filho. Ou porque precisam do dinheiro um do outro para manter o apartamento em Ipanema. Não é pecado. Só é monótono.

Por isso descrevo meus encontros com o amor num blog. A maioria sobre garotos, um ou outro sobre meninas, mas todos sobre relacionamentos. Mesmo que de uma noite, quando imergi no outro. Criei história, algo que valesse em mim a ponto de não querer esquecer. Não posso me dar o luxo de me apaixonar porque nunca amo por mais que alguns dias. Mas preciso de amor. Sou humano. Estou respirando. Não gosto de ficar sozinho. Mas também não gosto de casualidade automática. Prefiro surpresas.

– Sua mãe parece tranquila. – Ele volta para o quarto e fecha a porta, tirando a camisa do *Homem de Ferro 3* que emprestei como pijama. – A noite deve ter sido boa, porque não lembro como vim parar aqui.

– Nada de mais. Você bebeu um montão, sumiu com a Amanda, e eu te trouxe aqui pra casa quando você esqueceu que seu amigo tinha ido embora.

– Cauã.

Não me importa.

– Tá com fome?

– Não, preciso ir. – Ele veste as próprias calças, coloca os Vans e sai tão facilmente pelo portão que nem o vejo deslizar pra rua.

Como se estivesse espiando pela janela, Amanda me liga quando fecho a porta:

– Precisamos conversar, me encontra na padaria.

Seria mais legal se pudéssemos chamar a padaria de "cafeteria". Algo como "me encontra na cafeteria". Mas não. É sem graça chamar de padaria. Ao menos tem café. Nem sei por que não invento uma desculpa para dizer "não" a ela. Sei que vai falar sobre Ian e Ian e Ian e eu vou querer enfiar minha cabeça no forno dos pães. Ela bebeu e fumou bastante ontem, mas parece intacta. A maquiagem no rosto, os cabelos escovados e brilhantes, o sorriso de alívio por, finalmente, ter para quem contar como Ian perdeu a linha de tão bêbado. Que tentou transar com ela no deque da piscina, na parte de trás da casa:

– Tinha gente olhando, sabe? Não sei o que deu nele.

– Bêbado é foda – falo em cima do meu café, dispersando vapor.

– Sabe... Tô gostando dele de verdade. Sei que o Ian não é um cara que para com alguém, mas a gente tá nesse rolo há um ano. Acho que é o relacionamento mais longo dele. Deve significar alguma coisa. Né?

Quero dizer que não sei. Não sinto nenhum apego vindo de Ian, apesar de achá-lo interessante. Mas em todo esse tempo, só agora comecei a falar com ele, então... O que sei?

– É – respondo sem certeza. Amanda não se importa com o que eu acho.

Ela se importa com o que quer ouvir.

Surda funcional.

Não sei se quero sair. Mas é sábado. Já é noite. Eu me sinto ilhado. Gastei a semana escrevendo coisas que não publiquei. Falando com quem não queria falar. Eu me sinto sozinho e me arrependo de não ter ido com eles. Ligo para a Amanda, e ela já está lá. Mal dá para ouvi-la no celular, muita música. Eles parecem se divertir e eu tô no Facebook. Ana Júlia posta uma foto com a galera na balada. Me corroo de inveja. Não quero ficar sozinho aqui. Levo quase duas horas pra chegar, mas chego. Pago trinta reais pra entrar e acho um absurdo. Pago doze no gim-tônica e só vem gelo. Não consigo ficar bêbado antes do Pablo me ver e me puxar pelo braço até meus amigos.

Não dá pra ouvir ninguém. Está tocando Arctic Monkeys pra um bando de hipsters dançar, mas consigo ver tudo: as luzes fúcsia espetando minhas pupilas, os corpos bêbados se sacudindo com os braços para o alto, gente fazendo chifrinho do rock com os dedos enquanto canta. Gente demais. Está apertado e me arrependo de ter vindo. Ainda me sinto sozinho. Preciso de ar.

– Aonde você vai? – vejo Ana Júlia perguntar, mesmo sem ouvi-la. Respondo mentalmente, achando que pode me ouvir:

– Pra algum lugar que não cheire a cecê.

Estou descendo as escadas até o primeiro piso, que toca punk rock e está mais vazio. Ainda é quente. Ainda é Botafogo, ainda é Rio de Janeiro. No Rio, todo mundo se esbarra. Pra manter essa lei, esbarro com a Amanda subindo as escadas, arrastando Ian pela mão. Ela está louca, ele também. Ela me abraça e diz que está feliz por me ver. Ele aperta minha bunda com uma intimidade que não temos e me abraça também. Ele cheira meu pescoço até ela rir e o raptar para longe de mim, acima das escadas. Fico parado igual a um mané, admirado de ele subir com ela. Ian está me olhando também. Arrepio. Conheço o olhar. Ele se solta dela no meio da multidão e desce apressado:

– Corre! – grita pra mim, me arrastando para fora, para onde há oxigênio.

Ele está se escangalhando de rir quando senta no meio-fio. Respira fundo e eu acho engraçado.

– Ela fica de amorzinho quando tá bêbada – diz. – Senta aqui! Vai ficar em pé?

Não sei, não estou com vontade de sentar.

– Pra que veio, então? – eu pergunto. E sento.

Ele demora a responder:

– Não queria ficar sozinho em casa. – Nem eu. – Lembro de você ter dito que não é chegado em balada, mas a gente já se encontrou várias vezes assim. Curte andar de skate? – Ian joga uma pergunta em cima da outra e não consigo formular respostas, mas essa última ele já me perguntou.

Ele tem cabelos loiros que são loiros até no escuro. Fico perdido olhando pra ele. Gosto como a barba cresce falhada nos pés das orelhas. Quero passar a mão. Ainda estou sóbrio.

– Curto. Eu ando.

– Amanda falou.

– Perguntou de mim pra Amanda?

– Perguntei.

– Por quê?

Ele ri, sinteticamente alegre:

– Você é meio que o psicólogo dela, não é?

– Podemos dizer isso. – E de todo mundo.

– Então, se eu contar um segredo você jura não contar pra ninguém?

– Juro.

Ian me puxa pela camisa e fala no meu ouvido:

– Não posso contar aqui.

Tem gente por todo lugar aqui fora, mas estão tão bêbados e preocupados com os próprios dramas, que duvido que prestariam atenção no que ele gostaria de dizer. Por dentro, estou feliz por ele querer compartilhar algo comigo. Nunca dei muita atenção ao Ian, mas sempre o achei bonito. Sempre o achei... Não sei. Algo chama a atenção nele. Acho a gente parecido. Gelado a ponto de queimar.

Ele me leva para o meio da rua, distante da muvuca. Ele me esconde da luz do poste e me empurra contra a parede. Meu coração acelera. Ele chega perto como se fosse beijar, mas é a falta de sustentação de bêbado que o faz cair sobre meu peito e falar na minha orelha:

– Tenho curiosidade em você.

– Quê? Como assim?

– Tenho vontade de te beijar. – E já começa a se explicar: – Tô bêbado, sou hétero, mas não consigo não pensar nisso. Você tá sempre na sua, olhando para o nada, e eu fico querendo saber o que tem na sua cabeça. Penso nisso em casa... Quero te beijar.

Fico sem graça. Não é todo garoto que me deixa sem graça.

– Nunca ficou com um cara?

– Hã-hã – ele nega.

A possibilidade de ser o primeiro me excita. Pensar em Amanda me brocha. Ela diz que sou o melhor amigo dela e ele está a fim de mim. Eu acho que também estou a fim dele.

– E agora? – ele pergunta, abrindo os braços em questionamento teatral. – O que a gente faz?

Eu rio e dou de ombros. Sei que estou vermelho, sinto minhas bochechas arderem. É tudo engraçado. A vida é uma anedota peçonhenta.

– Não é assim. Você tá saindo com a Amanda.

– Foda-se a Amanda – ele responde irritado. – Desde o começo eu disse que não tem nada a ver, que a gente não é casalzinho. Todo mundo sabe, menos ela. Não quero coleira.

– Ela é minha amiga.

– Tá, beleza. – Ele me dá as costas e caminha de volta para a balada.

– Qual é, Ian! – grito. – Volta aqui, cara.

Não quero que vá embora, mas ele tem essa habilidade de sair facilmente de toda situação: dos braços da Amanda, da minha casa, de mim.

Mas a pulga coçou tanto na minha orelha que nem pensei em voltar para a festa. Estou dividido, me odiando por ter dispensado aquele cara que me desperta a mesma curiosidade que desperto nele. Eu me odeio por ter dito "não" quando queria dizer "sim". O pior é que ainda estou sóbrio. E quando chego em casa, chego sem sono. Cheiro a camisa que ele usou pra dormir na semana passada e sinto um perfume diferente. Acho que é psicológico. Estou cheirando minhas roupas.

Pareço a porra de um doente.

Só que menos de uma semana depois, ele me convida para o Recreio. Eu digo sim. Claro. E agora a gente está se beijando na cama dele. Dá pra sentir o gosto da curiosidade na boca e eu nem sei se ainda estou bêbado. Acho que sim. Não quero pensar nisso. Ele está pensando em um monte de coisas. Dá pra ouvir a engrenagem dos neurônios batendo como um relógio de peças soltas. Ele pergunta se pode colocar a mão dentro da minha cueca. Faço que sim com a cabeça. Ele recua. E vem. Ele sente. Ele vê. Ele tem um igual. Pega minha mão e leva pra dentro da cueca dele. Não vejo, mas sinto. Tenho um igual.

Eu o masturbo sem muita experiência. Estou usando a mão esquerda e meu pulso dói. A cara dele está se contorcendo, parece gostoso, mas não é isso que o corpo dele diz, o que sinto na minha mão. Aí vai acabando e ele não fica envergonhado. Tira minha mão da calça, levanta e ajeita o cós, vira pra mim como se não tivesse acabado de brochar e pergunta:

– Quer edredom?

– Pode ser.

Se Ian não tivesse dito nada, eu não teria percebido que estou com frio.

Eu assisto a ele pegando o edredom no alto do armário embutido com a graciosidade que deixamos para trás. Ele se volta para mim e continua sorrindo. Não sei o que ele é. Não é humano. Contra minha razão, levanto e caminho até ele, sem a noção sobre meus movimentos. Derrubo dos braços dele os três travesseiros que acabou de pegar. Eu o empurro contra as portas do armário que acabou de fechar. Outro beijo, mas sou eu quem dita as regras. Sou eu quem está com fome, dando nós em impulsos de arrancar pedaços dele com os dentes. Mas a boca do Ian não é a mesma. Eu me afasto e o contemplo: o sorriso ainda está lá. O beijo não. Fico visivelmente sem graça e quero me esconder debaixo dos travesseiros no chão. Ele faz carinho no meu rosto, aperta os olhos, pega os travesseiros e volta a arrumar o colchão que puxou de baixo da cama. Ele sai fácil.

Justamente por me dar conta disso, entendo que quero ser dele. A maldição de minha existência é querer ser de quem não quer ser meu. De gostar de quem não pode gostar de mim. Isso me isenta da responsabilidade de cuidar de alguém. No dia que eu cansar, posso ir embora sem parecer vilão. Como vítima. Mas vítima pra quem? De quê?

Deito no colchão com vontade de subir na cama. Tenho medo de parecer chiclete. Não é injusto? Eu me vejo como a Amanda. Sou a nova Amanda na vida dele. E sei que não vou durar muito até ele me trocar por outra pessoa. Qualquer uma. Por isso não prego os olhos. Fui o primeiro homem do Ian, mas não serei o último. Ele brochou comigo. E se ele quiser outro? Remix de ego ferido e orgulho no lugar de ciúme. Eu me sinto partido e humilhado. A culpa é minha. Eu é que me submeto. Não quero me envolver, mas é a primeira coisa que faço. Sou uma fraude.

Quando dão onze horas da manhã, ele acorda e eu ainda não dormi. Finjo que acabei de acordar e digo que vou pra casa. Ele quer me dar carona, pergunta se quero dar uma volta na praia. Não consigo lê-lo. Uma hora, acho que não me quer por perto. Em outra, parece que quer passar mais tempo comigo. Mas não, não quero praia. Quero minha cama. Sou um perdedor, choro em lugar quente. Mas nem vou chorar. Ele fica lindo de pijama e óculos escuros, segurando o volante com mais conforto do que quando toca em mim. Controlo impulsos tubarônicos outra vez. E me amordaço mastigando o músculo adutor do meu polegar direito. Nome complicado para um pedaço de carne.

Ian me deixa no ponto de ônibus. O carro da mãe dele se afasta e estou de saco cheio disso. Mal começou e já me sinto vampirizado. Sou intenso e dramático, é sempre assim que acontece. Não quero ninguém pela metade, quero tudo de uma vez. Mas só quero até o meio. Ele é um terço de sentimento. É menos que uma metade. Não mereço isso. Mereço outra coisa. Mais.

Abro o Grindr e bato a porta de casa.

Tem um monte de sacos de papel e bandejas de refrigerante que eles trouxeram do McDonald's. Eu me sinto numa festa temática da fast-food mais nojenta do mundo. Sério, compraram *muita* coisa. O cheiro de cheddar e maconha cria uma espessa camada de odor desnorteante. Parece que o mundo resolveu tirar os sapatos e ter chulé. Mas fico com fome só de entrar no apartamento. Larica precoce? Sei lá. Esses são meus outros amigos. Não conheço suas famílias e pouco me importo sobre seus passados. Quando quero beber, sei que posso chamá-los, mas nunca o faço. É só pra ilustrar o desapego. Eles sempre têm maconha. E sempre pedem comida no McDonald's. E sempre tá tocando psicodelia. Não que Tame Impala seja underground.

Falo com todo mundo, com um de cada vez. Não que eu seja tímido, só não gosto de cumprimentar quem já está chapado, me sinto em desvantagem. Excluído. Ian mal repara em mim, não levanta o olho quando aperto a mão dele. Sofia está com ele, e bagunça meu cabelo com a velocidade de uma tartaruga. Gosto dela, meio selvagem. É como a Ke$ha morena, com piercing no nariz, botas vermelhas e pele sempre pontuada por suor, brilhando que nem purpurina na pele de vampiro apaixonado.

Olavo aperta um baseado pra nós dois quando me aluga pra contar sobre o namoro puxa-e-repuxa com Kerli. Ela é ciumenta e ele, um dopadão. Brigam por qualquer coisa, pra ter do que reclamar. Como sempre, sou o psicólogo.

– Você joga muita luz nos shows dela. – E ele joga mesmo. Ele sabe que vão voltar, sabe que ela está errada, mas precisa que alguém confirme. Precisa que alguém diga que não é pecado querer uma namorada menos maníaca.

– Tenho medo de perdê-la – ele diz, depois de lamber a seda do enrolado. Não sinto verdade na frase. É automática.

– Fica – Ian pede quando entro no banheiro e o flagro sentado no vaso com Sofia em cima dele, de calcinha e sutiã. Ignoro o que ele diz e afirmo que não tem nada a ver eu ficar. Ele insiste: – Fica.

– Fica – ela pede. Fico. Tô muito chapado. Fumei umas mil vezes e estou com outro baseado nos dedos. Agora pertence a ela, que fuma rápido e parece não tragar nada. Ele pega o cigarro e sinaliza pra eu chegar perto depois de sugar um monte de fumaça. Clichê: assopra tudo na minha boca. Fico com vergonha. Sofia é porra-louca, mas essa cara de voyeur alienada me arrepia. Paranoia. Fumei demais, só isso. Nada a ver. Só fumei. Demais. Eu me dobro para beijá-lo. Ele desvia o rosto e sorri. Joguinho. Fico puto, meto a mão na maçaneta. Ele está de pé e me segura pela cintura, me pegando pelas costas:

– Já disse pra ficar. – Estala selinhos em meu pescoço, alisa minhas costelas. Parece filme pornô. Fico com vergonha da Sofia. Ninguém pode saber do Ian. Ninguém quer saber da gente.

Ele me vira e Sofia está de joelhos, soltando meu cinto. Não sou esse tipo de cara. Mas é quase impossível dizer não. Quase.

– Para – peço a ela e tiro as mãos dele de mim. – Para.

Saio do banheiro com uma dificuldade que ele não tem, a de ir embora. Em relacionamentos, sou o primeiro a sair, mas nunca significa que é fácil. Penso no outro. Nos sentimentos. Mas preciso pensar em mim antes, selado a vácuo. Com ele deveria ser fácil. Sei que não sente nada por mim, que sou uma experiência. A gente deixou isso claro, não? Desde o início. Por que então me sinto que nem merda? Por que tem formiga em todas as paredes? Tem poeira no ar. Olha, a praia. Vou sentar ali no banco. Pronto. Como desci do apartamento? Peguei elevador? Eu deveria arranjar um emprego. Uma faculdade. Estou cansado. Às vezes acho que não posso morrer. Quase sempre, acho que vou morrer antes dos trinta. Qual era o número do apartamento? Acho que vou pra casa. Deixa, não consigo levantar. Vou dormir aqui mesmo. Não dá pra ver o mar. Tá escuro, mas sei que é lindo.

– Tá bolado? – Ian está do meu lado e a voz soa distante. Tomo um susto que não vem.

– Não. – Estou, sim.

– Ciúme? – ele brinca.

– Não. – É, sim. E inveja.

– Por que saiu correndo?

– Não curto mais essas coisas.

– No seu blog tem umas histórias mais malucas.

– Contos do passado. Não sou mais aquele cara.

– Quem é você?

– Tô chapado.

– Quero te beijar.

Pronto, ele me quebra. Veneno, sabe? Não o conheço, e acho que é por isso que estou apaixonado: pelo que posso imaginar. Quem sou eu? Hoje? Alguém buscando colo. Qualquer colo. Não sexo. Quero o romance dele. Quero o cheiro de xampu de cravo do cabelo dele. Quero os olhos. Não quero mais ser uma experiência. Sinto inveja da Sofia, ela pode tê-lo. Ele é fumaça nas minhas mãos, escapa fácil. Ou talvez eu esteja errado. Mas já estou beijando o Ian de novo. E agora tenho vontade de arrancar minhas roupas. E de chorar. Tô tão confuso... acho que vou desmaiar. Eu deveria dormir. Eu "deveria" um monte de coisas. Sou masoquista sem querer. Ou não. Talvez eu seja que nem a Kerli, montando uma performance dramática pra ver se alguém dá atenção. Escroto.

Tenho que parar com isso.

– Vamos subir? – Ele não me espera responder e já volta a caminhar, sempre sorrindo. Escapando.

Pra que subir? Pra fingir que mal me conhece na frente de todo mundo e querer me comer com a Sofia dentro do banheiro de novo? Nem digo que já vou ou para ele ir na frente. Ele vai de qualquer jeito. Satisfeito. Como se não precisasse mais. Eu estava errado mesmo. Ninguém pode ter o Ian. Ele não quer ficar com ninguém. Só quer passear.

Pego o ônibus pra casa e fico insano achando que as quatro pessoas dentro do veículo estão sentindo meu cheiro de maconha. Sempre acho que vão me linchar por isso um dia, por cheirar a maconha em raras ocasiões. Nunca me imagino apanhando por ser gay.

Falando em gay, abro o Grindr. Camisa social dobrada em bíceps saradinhos. Peito largo. Cabelo preto. Pálpebras caídas sobre os olhos. Sorriso honesto na foto profissional roubada da galeria de alguma festa carioca, onde dá pra ver os braços cortados de prováveis amigos. Dele, uma mensagem para mim: "Quer sair?"

De mim, uma resposta: "Quando?"

— Já comprei os ingressos. – Breno, três centímetros mais alto, alguns centímetros mais largo, vestindo camisa polo azul-marinho, ainda comprou os ingressos antes de eu chegar. Conheci muitos caras maneiros, mas cavalheiros assim foram poucos. Dá pra sentir o cheiro de compromisso saindo dele. Não é rodado. Provavelmente é encubado, a família nem deve saber. Tem cara de namoro e isso me breca. Mas é bonito, meu tipo preferido. Breno é exatamente como mostra a foto: fácil de ler.

– Por que Enzo? – ele pergunta. Entramos na sala do cinema dez minutos antes do filme. Não sei o que quero com ele. Acho que preciso conversar.

– Na verdade, é Enzo César. Nome composto – solto uma risadinha sem graça. Tenho vergonha do meu nome todo. Nem sei por que falei.

– Que bizarro. Não, não seu nome, mas é que também tenho nome composto. Acho que é moda. Breno Gabriel não soa bonito.

– Você tem quantos anos?

– Vinte. – Au. Ele é um ano mais novo que eu. Sinto que estou velho e penso que antes dos trinta vou morrer. Por que o tempo é tão cruel? Por que não podemos ser jovens para sempre? Inconsequentes para sempre? – E você, Enzo César?

– Vinte e um. – Dizer em voz alta é como dar um soco no meu próprio saco. Sério. Machuca.

– Quer comer alguma coisa? – ele me pergunta depois do filme entediante. Não gosto de carros em alta velocidade. Ele usa lentes de contato. Não soube como me olhar disfarçadamente no escuro, o que me permitiu analisar a verdade de que estava me olhando o tempo todo, esperando que eu olhasse de volta para me beijar. Já brinquei disso. E depois que você brinca nesse jogo a ponto de ter um blog contando dezenas de experiências, domina o tabuleiro. Sabe como todo mundo vai agir antes de agir. Eu disse: ele é fácil de ler.

– Não, não tô com fome.

– Quer ir pra outro lugar?

– Não sei, pra onde você quer ir?

– Me diz um lugar e a gente vai.

Como um garoto de vinte anos dirige um Range Rover? Ah, ótimo, mais um playboy pra coleção. Preciso admitir: gosto de garotos assim, que se vendem aos pais. "Continue sendo hétero e te daremos um carro de trezentos mil reais."

– Você não é assumido.

– Por que tá perguntando? – Breno ri, curioso e sem graça.

– Não perguntei. – Fecho a porta. – Vamos pro Recreio.

Mas ele me beija quando entra no carro. Ele tem a boca maior, usa a língua mais do que precisamos. Os lábios do Ian me beliscam. Os do Breno me mastigam. Paro o beijo e peço:

– Relaxa. – E ele relaxa. Ele me deixa conduzir e, em segundos, aprende meu ritmo. Já vi antes. Faço isso toda vez. Sinto que já o conheço e o que posso fazer com ele. É assim que Ian me vê. Por que tô sendo escroto com esse garoto? Ele pagou o cinema. Mudou o beijo pra me agradar. Ele vai se apaixonar por mim em algumas horas, vai pedir pra sair de novo. Por que não consigo gostar de quem quer gostar de mim?

Ele sorri quando se afasta e liga o carro. Odeio o ar-condicionado na minha cara, mas fico quieto. Meu nariz congela. Ele me leva pra praia. Estaciona. Diz que não quer descer do carro por causa do sol. Conta dos anos que estudou em Nova York e que pretende morar fora um dia. Japão. Também fala que a família é tradicional, que nunca sentiu necessidade de contar sobre a sexualidade nesses dois anos que sai com garotos.

– Sabia que você era novo nisso – brinco.

– Pareço?

– Dá pra ver. – Dá mesmo. Os olhos brilham. Parece que sou o cara mais incrível com quem ele já ficou. Aposto que não deve ter beijado nem dez na vida toda. Diz que é caseiro, que só convive com amigos de infância e não é do tipo social, apesar de o celular ter apitado milhares de vezes enquanto a gente se beijava.

– Quando vou te ver de novo? – Eu sabia que perguntaria isso. E a certeza que eu tinha de sair com ele quando respondi no Grindr morreu. Não sei o que pensar. Não sei o que quero. Não sei se quero alguma coisa. Casualidade parece mais fácil, mas aí me lembro do Ian. E não é nada fácil ser casual. É fácil *parecer* casual.

– Preciso resolver uns problemas. A gente vai se falando?

– Isso é um fora? – Ele usa tom de piada para obter uma resposta séria. – Onde você mora? Te levo em casa.

– Não, não é um fora. E você não vai me levar pra casa. Tô acostumado a pegar ônibus, não sou playboyzinho que nem você.

Ele ri e segura minha mão:

– Eu levo *todo mundo* pra casa depois que convido pra sair.

– Falou o pegador.

– Amigos, eu digo. – Ele fica vermelho e pega a estrada. – Não saio com qualquer pessoa.

– Entra ali – indico o caminho. – Por que tava no Grindr, então?

– Me senti sozinho, quis tentar a sorte. Achei teu perfil, sua foto é bonita, quis chamar.

– Só por ter me achado bonito?

– Por ter achado interessante. Você não tava sorrindo. E também não era a foto de um pau, peito ou bunda cabeluda. Disparou na frente de muita gente.

Senso de humor + honestidade = ele é fofo, e eu odeio esse adjetivo. Mas é mesmo. Um fofo. Fofo, bonito, rico e que mente pra família. E daí? Ele sabe o que quer e não parece preguiçoso para correr atrás. Não está esperando cair do céu. Por que então minha primeira atitude, depois que ele me deixa na calçada de casa e vai embora, é pegar o celular e ligar pro Ian?

– Vem pra minha casa – ele diz. – Tô sozinho.

Pego o primeiro ônibus que aparece.

Eu disse que estava acostumado.

— Quer vodca?

– Quero. – Aceito porque preciso ficar bêbado. De novo, não sei como agir com ele. Quando me convidou, achei que fosse me beijar, mas se mantém distante, falando coisas desconexas, meio que fugindo do que eu quero que aconteça. Do que eu *preciso* que aconteça.

– Seria bom ter maconha agora. – Ele me dá o copo com metade de vodca de abacaxi e suco de manga. *Odeio* suco de manga. Tem cor de diarreia de pato, cheira a vômito e é pegajoso. Mas com vodca bebo qualquer coisa.

– Coloca música – peço, quando subimos para o quarto dele. Sento na cama. Tenho vontade de fazer tudo que fizemos da última vez. Impulsos. Ele põe um remix do Krystal Klear da música "Everything Is Embarassing".

– Tem dias que preciso de uma namorada, saca? Acordo carente, e passo o dia pensando nisso. Não só em sexo, mas em companhia. Sei que parece que cuspo no prato em que como, mas é difícil ter alguma coisa hoje em dia, é tudo superestimado. As pessoas esperam demais e, quando percebem que estão olhando para a realidade e não para o que projetaram na mente, se frustram. Você é igual a mim nesse sentido. Leio seu blog, te disse. É por isso que confio em você. Não falo disso nem com o Cauã, cara, e conheço ele desde pequeno...

Escutar Ian desabafar faz ferverem duas perguntas no meu cérebro mais rápido que um miojo na água quente: quem é esse garoto? O que ele quer comigo?

– Não vai falar nada? – ele me pergunta.

Dou de ombros e sacudo a cabeça:

– Não sei o que dizer. É basicamente isso que você falou. Não quero ter nada com ninguém pelos mesmos motivos. Nunca encontrei quem parecesse comigo. – Além de você. Não quero ninguém, mas quero você, Ian. Durmo pensando no teu rosto e em como seria se ficássemos juntos. Acho que não seríamos um casal convencional. A gente se conhece bem. Não pelo que vivemos ou pelo que somos, mas por instinto. Nosso gosto de diversão é parecido, ouvimos músicas que ninguém escuta, você me conta seus segredos e, apesar do que minha intuição diz, quero contar os meus pra você. Confio em você quando não estou pensando. Eu quero transar contigo e só contigo. Quero te beijar de manhã, ainda com gosto de sono na boca. E quero dar o espaço de que você precisa para assimilar que está apaixonado por um cara. Por mim. Quero te dizer essas coisas mas não sei como você vai reagir. Parte de mim acha que vai sorrir e dizer algo como "Desculpa, cara, não dá. Não gosto de homem" e a outra me diz que é isso que você está esperando pra me jogar na cama e me beijar, sabendo que estou aqui, pertencendo a você. E que estou disposto a estimar pouco. A viver de pouco. Desde que seja contigo.

Permaneço calado. Impassível. Meus olhos claros fixos nos dele.

– Quer tomar banho comigo? – convida. – No escuro.

Por que no escuro? Por que não posso olhar seu corpo? Por que você explora minha pele com as mãos mas recua quando aproximo as minhas de você? Por que não com as luzes acesas? Quem diabos é você, Ian? Por que essa frieza quando nos enrolamos nas toalhas e nos separamos por esse sorriso que você abre na boca, mas que não parece verdadeiro? Que nem derrete como o vapor acumulado no espelho? Pra onde você olha quando me vê? Você me vê? Sinto que voltamos à estaca zero. Sinto como se você não tivesse dito nada quando vai mexer no Facebook com o copo de vodca cheio de gelo e suco. E me ignora. Sinto que me expulsa discretamente, mas fico na dúvida se me quer aqui porque quer companhia. Não consigo ir embora.

Deito na cama e olho o teto branco. Me enrolo no edredom.

– Hoje você dorme no chão – digo. É minha vingança subjetiva.

– De boas.

De boas... Que raiva.

— Decidi ignorar joguinhos, visto que você também não me procurou nesses dois dias. Não ligo. Vamos sair de novo?

Breno me rouba um sorriso com essa mensagem. Foi a primeira que li assim que abri os olhos e, ao virar para responder, me dou conta de duas coisas. A primeira é a dor de cabeça, boca seca e tonteira: tô de ressaca. A segunda é que Ian dormiu agarrado comigo. Na minha cama. Passamos a tarde toda andando de skate perto da minha casa. Skate e uísque. Da garrafa. Direto. Pá, pá, pá, pá. Ele veio comigo quando saí da casa dele e ficou. Bêbado.

Decido ignorar Breno.

– Te acordei?

– Não, tenho que ir – ele nega, tirando a bermuda que emprestei e colocando a calça jeans.

– Pra onde?

– Pra casa.

Curto. Frio. Direto. O sorriso está ali, falseando. Não aceito. Levanto e o empurro contra a janela. Seguro a cabeça dele contra o vidro e mordo o queixo de Ian como um marshmallow, puxando até machucar. Ele geme.

De dor.

– O que tá fazendo? – indaga, tentando se desvencilhar do meu beijo. Ele não retribui: – Não tô no clima.

E quando está? Eu me arrependo e me sinto patético e desesperado. Pulo na cama. Ele pede comida pra mim com a voz normal. Pra ele, nada aconteceu. Passado. Entro na brincadeira e deixo de ficar vermelho. Guio Ian até a cozinha. Pergunto o que quer comer, mas ele já abriu a geladeira, está escolhendo. Não tem ninguém em casa. Por que queria companhia se ia abrir minha geladeira sem pedir? Quando assalta minha reserva de guaraná natural, entendo que ele precisa de uma testemunha. De quê? Ele está assassinando a bebida diluída em água para amenizar a ressaca. Jack Daniel's não é nosso amigo. Nem minha mãe vai ser quando perceber que roubei a garrafa do bar. Depois encho com refrigerante cor de mijo e finjo que está inteiro. Duvido que ela vá abrir. Ela gosta de cerveja, mas faz pose quando recebe os amigos. Não julgo. A gente já esteve bem na pior. Nunca faltou comida, apesar disso. Também tinha amor de sobra. Agora tem reuniões de escritores, leitores e café com etílico. Hipsters aos quarenta anos. Blerg. Droga. Eu disse que não ia julgar.

Mesmo com ressaca, me sirvo do restinho de Campari que tem na geladeira. Antes do rocks com gelo tocar meus lábios, Ian mete a língua dele na minha boca só pra roubar atenção. Depois volta a me beliscar de levinho. Do jeito que eu gosto. Ele me empurra no balcão e solta meu cinto. Não acredito que vai fazer isso depois de ter me dispensado cinco minutos atrás. Hipócrita. Indeciso. O *que* é ele? Abaixa minha calça. Sento no balcão com um pulo. Sempre quis fazer isso, entre praticamente transar debaixo da mesa de sinuca num bar escuro e ficar pelado com um garoto para que os vizinhos do prédio ao lado vissem. Nunca ofereci meu corpo em cima de balcões. Já estava na hora.

Ian se arrepende. Ele olha pra minha cueca inflada e sorri amarelo. Primeira vez que vejo O Sorriso rachado. Dá um tapinha na minha coxa como quem diz "vista-se" e pega a carteira. Eu me sinto uma puta dispensada. Ele checa para ver se está com as chaves e bate meu portão sem dizer tchau.

Isso tá ficando chato pra caralho.

– Vamos – respondo ao Breno.

Eu me esforço pra olhar nos olhos da Amanda. Parece que vou travar e cuspir sobre tudo que tenho feito com Ian como um personagem daqueles filmes retardados de criança. *Eutôbeijandoelemaisquevocêeachoquesoumeioculpado*. Ou talvez nem seja tão culpado assim. Talvez eu queira me gabar um pouco. Mas sou apenas sincero:

– Ele não presta. – Nem eu.

– Eu sei. Sempre soube.

– Por que tá com ele? – pergunto pra ela o que venho me perguntado nos últimos dias. Tenho esperanças de que Amanda me dê uma resposta filosófica.

– Tô matando o tempo até me apaixonar por outra pessoa. Gosto do Ian e prefiro sentir esse amor pela metade a não ter nada. O "nada" me magoaria mais. – Só que ela me deixa na mão, pois a pergunta ainda tá na minha cabeça. Eu perguntando pra mim. Verdade ou consequência? A mentira parece não ter consequências. Ela ameniza. A verdade destrói tudo. Saber demais é ruim. Já falei sobre isso, não falei?

Ela toma o café da padaria e disfarça os olhos marejados, me questionando algo que não vi chegar:

– Tá saindo com alguém? Tem esse brilho estranho ao teu redor.

– Virou médium?

– Acertei?

Acertou, claro. Mas seus instintos estão errados sobre mim e nossa amizade. É a primeira vez que você pergunta sobre minha vida amorosa querendo saber e isso me magoa mais. Vou te contar uma meia verdade, tá bom? Pelo bem do que temos. Mesmo que seja unilateral:

– Tem esse cara, o Breno. Saí com ele de novo essa semana.

– Por que você parece incomodado?

– Porque ele é incrível e tal. Um cavalheiro. Parece gostar de mim e é pra namorar.

– *Isso* incomoda? Parece perfeito.

Ela soa madura. E me sinto uma criança tentando explicar por que não gosto de matemática para um físico quântico. Pareço estúpido, superficial. Não estou acostumado a estar do outro lado do divã. Na padaria.

– Eu tô a fim de um hétero.

– E ele tá a fim de você?

– Não. É mais um daqueles que confiam em mim, querem experimentar e eu topo.

– E se apaixona.

– E me apaixono.

Ela afasta a xícara e me dá um tapa na testa.

– Você sempre conhece os caras mais incríveis, Enzo. Não sei qual é o seu problema! Eu e todas as minhas amigas sonhamos em conhecer metade dos homens com quem você se envolve, caras que ligam no dia seguinte, que buscam de carro, que querem te levar pra viagens, que te tratam como rei e que te amam! Se eu fosse homofóbica, seria por recalque de vocês estarem roubando todos os príncipes encantados de nós, garotas. Quando o cara é legal comigo, é feio que nem o demônio. Contigo não, até seus feios são mais bem-cuidados que os héteros largados que tenho de aturar. Mas você sempre se liga no que não pode ter: os gringos, os héteros... Goste de quem gosta de você, garoto! Você tem tanta sorte! Eu queria estar no seu lugar!

Mas ela está. Nós estamos. E eu sei disso tudo que ela falou. Mas esses garotos "feios" que aparecem pra ela não são tão estragados assim. Ela conheceu vários caras maneiros e bonitinhos, mas que não eram o príncipe que ela idealizou. O salva-vidas pra levá-la no colo até uma cama com pétalas de rosas e camisinhas coloridas. Ela é a suja falando do mal-lavado. Se a gente pudesse controlar essa merda, não controlaria?

Não interessa. Ela não perde a razão por isso.

Acho que estou cansado de me apegar a quem não quer se apegar a mim. E mesmo que pareça difícil, é mais fácil do que me entregar a um relacionamento de verdade. Não gosto de responsabilidades. Fujo de cuidados. De pertencer.

– Vai ter social no Nigro hoje, você vai levar o Breno. – Ela zera o café como tequila.

– Melhor não...

– Você não tá entendendo. – Ela pega meu celular da mesa e se afasta até a janela. Meu primeiro reflexo tenta prendê-la, mas nem chego a levantar. Preguiça emocional. – Ele vai. – Ela devolve o celular com a mensagem respondida instantaneamente, Breno não se faz de difícil:

"Nos vemos à noite ;)"

Isso me faz gostar menos dele.

Acho que o Breno percebeu que não o quero aqui. Fiquei dizendo "não é seu tipo de festa, vou entender se não quiser ir", e ele sacou. Por isso está na cozinha agora e eu tô caminhando um pouco bêbado pra falar com ele. Breno está conversando com uma garota que nunca vi. Raro acontecimento. Todo mundo vê todo mundo por aqui. Ela sai. Parece que estavam falando de mim. Eu me sinto a Amanda: egocêntrico. Nem todos os assuntos giram em torno do Enzo. Sento no balcão e abro um saco de pão de forma.

– Desculpa. Pareceu que não eu queria você aqui. Só tive receio.

– De quê, Enzo?

É, Enzo, de quê? De quem? Ian? Ian está lá fora enfiando a boca na Amanda de novo. Ela não tem autoestima? Você não tem autoestima, Enzo? Imbecil.

– Sei lá, sou confuso. – Sacudo a cabeça alcoolizada com a boca cheia de farelos de pão.

– Gosto da sua confusão. – Ele limpa minha boca com os dedos e afunda as pupilas nas minhas. Se continuar me olhando assim, vou ficar cego. Pisco. Pisco, pisco. Corto o clima e vou até a geladeira.

– Quer cerveja?

Ele bate a porta por trás de mim e me empurra contra ela:

– Eu quero você, porra. Tá difícil de entender ou tá brincando comigo?

Ele está puto. Mas é disfarce. Ele está triste. Magoado. Consigo ler tudo, mesmo bêbado. E bate a culpa. Ele gosta mesmo de mim. Breno encosta a cabeça no meu ombro e suspira.

– O que você quer comigo?

O que quero com ele?

– Acho que preciso descobrir. Mas só depois de uma cerveja.

Breno beija meu pescoço e gargalha baixinho, sem graça. Fui sincero sobre o que sinto, mas menti sobre a cerveja: pego vinho. Fico chumbado quando tomo vinho. Tenho ressaca antes de ter ressaca. Quero chumbar mesmo, cagar com a minha capacidade de escolha. Dormir. Não ter de ver o show escroto que começa quando Amanda vai embora virada no Capeta. Ela não sabe beber. Menos ainda se tiver de testemunhar Ian dando em cima da Lambretinha a noite toda.

– Por que Lambretinha? – pergunto pra alguém. O vinho já era. Meu cérebro está inflando no crânio. Acho graça do apelido. Fico com dor de cabeça.

– Porque todo mundo monta – alguém responde e a graça some. Acho machista. Quero ser ativista agora, dar na cara do Nigro. Cadê o Nigro? O Breno está aqui. Ele está do meu lado o tempo todo. Sinto dó dele. Os olhinhos pretos de cachorro detonam meu espírito. Quero fazer algo bom pra ele. Com ele. O plano é simples: pego outra garrafa de vinho, ele pega o martíni. A gente está fugindo pra beber na orla do Recreio. Só eu e ele. Mas Ian fica me observando e percebo quando nos impede de sair do apartamento:

– Aonde vão?

– Beber lá embaixo. – Breno me puxa para fora do apartamento, pra dezena de pessoas não nos ver escapulindo.

– Vou com vocês – Ian diz, e eu fico mudo. – Vou chamar a Lambretinha.

Ele sai fácil de novo. E volta com ela. Nem sei por que eu e Breno esperamos. Estou tão bêbado que tive preguiça de pegar na mão do fortinho de cabelo preto e correr com ele pra areia lá embaixo. Talvez pular para o buraco do elevador e morrer pra não ter de sentir esse aperto que incomoda tanto: sinto ciúme do Ian rebocando a língua da Lambretinha. Ele beija o cabelo loiro dela também, porque está louco. Ele não me beija assim, nem bêbado. Mas não faz carinho no meu rosto ou me encara por longos minutos, que nem o Breno faz. Aí percebo o quanto estou errado.

– Não consigo parar de olhar pra você. De verdade.

Que brega, Breno. Estou desconcertado, vermelho. Sinto minhas orelhas arderem. Breno continua me olhando. Já aconteceu antes. Com outros caras. No carro. No ônibus. No elevador. Na sala. No quarto. Antes do sexo. Depois do sexo. Principalmente na manhã antes de outro sexo. E depois do sexo pela manhã. Sei que não sou um deus de bonito. Sou misterioso. Até pra mim. Deve ser isso. Só pode. Aí a gente está conversando e meu vinho acabou. Breno mal tocou no martíni, então Ian roubou a garrafa dele e está zerando sozinho. Pergunto pra Lambretinha:

– Não se sente incomodada por te chamarem assim?

– Se eu fosse homem, não me incomodaria por ser chamado de comedor. A diferença é que eu sou comida. Gosto da fama.

– Eles te veem como puta, você sabe. – Acho que fui grosso. Não pareceu na minha mente, mas Breno me olhou torto.

– Sou sexual e sou mulher. Podem ver como quiserem, mas é verdade, eu gosto de sexo. Li que promíscuo é quem tem mais de, sei lá, dois ou três parceiros sexuais por ano. A sociedade quer me chamar de piranha porque faço mais sexo do que a grande maioria hipócrita? Que chamem. Querem chamar de Lambretinha? Nem ligo. Mas, Enzo – ela segura minha perna como se estivesse confessando –, sou eu que escolho quem me come. Eu tenho o poder.

E ela bate palma e joga a cabeça pra trás. Breno a segura para que não caia da muretinha de pedra onde estamos sentados.

– Posso falar contigo? – Ian levanta e me chama.

– Vai lá – Breno diz, inocente. – Tomo conta dela.

Não dá pra perceber *mesmo* que eu e o Ian estamos-não-estamos nos pegando. Ninguém suspeita. Nem de que ele, ao me levar para trás de uma pedra onde as ondas quebram e molham meu tênis, rouba um beijo. E eu o empurro. Ele ri e tenta de novo, mas me afasto. Percebo agora que estou cheio até o pescoço das merdas dele. Só bêbado, enxergando tudo em dobro, é que vejo uma resposta quando ele me chama:

– Dorme lá em casa?

Antes de voltar até o Breno e pedir para ir embora, monossílabo:

– Não.

Não sei o que somos, mas Breno me apresenta aos amigos. Saímos a semana inteira. Todo mundo diz que sou um garoto de sorte, que ele não gosta de ninguém. Perguntam o que tenho que o prendeu desse jeito. Acho que eu só estava indisponível. A gente gosta de pessoas indisponíveis. Ficamos obcecados em ter o que não podemos ter. É rotina me buscar em casa e me deixar em casa. Numa dessas voltas, entendi o quanto Breno gosta de mim.

– Ainda não assumi pros meus pais porque nunca encontrei quem valesse a pena.

Isso parte meu coração.

– Você me conhece há pouco tempo.

– Quanto tempo é necessário pra conhecer alguém?

– Só é...

– Precipitado, eu sei. – Ele gesticula para que eu releve. – Só tô dizendo como me sinto, que você vale a pena. Não quero esconder o que temos.

Nós temos alguma coisa. Eu tenho alguma coisa por ele?

Antes que eu abra a porta, ele me puxa pra um beijo. Já sabe como me beijar. Acho que tenho alguma coisa por ele. Sim. Alguma. Coisa. Meu celular vibra no bolso de trás da calça e já sei quem é. Não vou atender. Breno afasta a cabeça da minha e me admira do jeito que só ele sabe. Somos dois garotos. Dois homens. Mas me sinto como uma princesa. Só que meu coração ainda explode quando vejo o nome do Ian na tela do celular. Ele está me ligando a semana toda e fico me obrigando a olhar para o outro lado. Investir em Breno. Dá pra gostar de alguém com o tempo. Espero. Durmo pensando nele. Breno.

Na noite seguinte, tudo muda. Ian aparece como uma alma penada, pálido e bêbado, na frente do meu portão. Quase uma figura mitológica. Pede pra entrar. Passa sem me olhar. Trota casa adentro como se soubesse que estamos sozinhos e senta à mesa de jantar da cozinha.

– Tem água?

– Tem. – Vou até a geladeira.

– Quero vodca.

– Tá. – Derrubo vodca sobre gelo e misturo suco de fruta à base de soja. Entrego pra ele.

– Te amo.

Não é a primeira vez que ouço essa frase. A vida é repetitiva. Mas em todas as outras vezes, senti medo e fui embora. Não quero cuidar de ninguém. Não quero apegos. Embora ouvir isso dele, mesmo que seja papo de bêbado, me conforte de uma maneira sem igual. Mais ou menos.

– Por quê? – Já é tarde para saber: ele me segura pelo rosto e me prensa contra os armários de mantimentos. Ele não cisca mais meus lábios. Está com fome de mim. Sede da minha saliva. Se parar pra pensar, é nojento. Saber demais é ruim, repito. Ele tira a camisa puxando-a pela cabeça e tenta arrancar meu moletom, mas o impeço.

– Não aqui.

Não sou uma transa de cozinha. Acho que também o amo e o quero na minha cama. A gente não aguenta chegar lá e fica pelo chão mesmo. No tapete. Minhas costas coçam. Minha moral me culpa. Ian dorme. Não é ele quem vai ter de dizer ao... Ao quê? Namorado? Certo. Não é ele quem vai ter de dizer ao *namorado* que o traiu com o mané heterossexual que só o usava como experiência. Usava. Passado tem emprego importante aqui. É o futuro que importa. Apenas gostaria que Breno enxergasse o futuro com a facilidade com que enxergo por ele.

– Não sou isso que você espera. Você merece mais, cara. Não sei se posso ter esse significado enorme na sua vida.

– Corta o papo, Enzo – ele bufa, e coça o rosto. Gosto do som das palmas raspando na barba por fazer. Barulho de homem. Sinto meu peito pesar. – Tem outra pessoa, não tem? Seja sincero.

– Qual vai ser a diferença?

– Eu tenho o direito de saber.

Dá pra ver o nó na garganta dele agarrando no pomo de adão. O desapontamento de Breno me machuca. Na tendência de me apaixonar por gente impossível, que me conforta na impossibilidade de qualquer relacionamento de qual corro e reclamo, Ian virou a melhor exceção. É a primeira vez que alguém que eu gosto também gosta de mim. Que retribui. Mesmo torto. A gente transou. Ele me deu um beijo antes de ir embora. As coisas estão mudando.

– Gosto do Ian. Ele é hétero, mas a gente acabou se envolvendo. Acho que quero ficar com ele.

Não é meu direito contar sobre o Ian, mas Breno tem razão. Ele tem o direito de saber. E saber demais é ruim. Ele se arrepende de ter questionado. Não me arrependo de ter contado. Eu me arrependo de precisar magoá-lo desse jeito. Gosto dele. Eu acho. É difícil saber. Com Ian, está na cara. Sei como me sinto. Controlo o descontrole em vez de descontrolar meu controle.

– Eu gosto de você. – Ele tem vergonha de admitir. Percebo que tem dificuldade pra respirar. É o nó. Seco. Apoio minha mão na dele. Sutilmente, ele a esconde e se levanta. Não derruba uma lágrima. Sei que ele quer. Por isso, quando oferece carona, digo que vou de ônibus. Sei que ele vai ligar o carro e chorar. Eu já chorei por alguém antes. Só não lembro por quem.

Um dia vou ser só uma memória borrada. Ele vai achar outra pessoa. Breno merece alguém melhor que eu. Inteiro. Eu não mereço? Mereço. Mereço o Breno. Mas me faço crer que mereço o Ian. Porque o Ian eu *quero*. E mesmo que eu não concorde, sou um garoto mimado.

Igualzinho aos que julgo.

A gente se arruma na minha casa. Ele me beija vez ou outra. Tomamos banho juntos. E transamos rápido sob a água quente. A gente chama um táxi e ele senta na ponta oposta. Gosta da janela. Ele não me encara. Ele não me olhou mais nos olhos. Mas está sempre sorrindo. Parece um boneco. Sorriso acimentado. E flexível. E honesto. E mentiroso. Não acho que esteja feliz. Realizado, talvez. Não feliz. Se não o puxo para um dos cantos escuros da boate, se não o forço a parar a caminhada de bêbado para segurar meu corpo, ele não me beija. Porque está ocupado colando a boca em lolitinhas zonasulenses. Não que eu quisesse um desfile cívico do que temos em segredo. Só achei que seríamos namorados.

E me esconder dói. E piora.

Amanda chega e Ian pula em cima dela. Eles somem por quase uma hora e eu desisto de procurar. Mal bebi. Vou beber. Anota aí: três shots de tequila. Vou ficar bem agora. Álcool é menos venenoso do que assistir ao Ian e à Amanda agarrados, aos beijos, no meio da pista. Ele parece drogado, está dançando. *Olhando* pra ela. Vou embora. Já deu, não? Sangue de barata... Não tenho.

– Enzo! Espera! – ela grita, e finjo não ouvir. Amanda me segue até o lado de fora. Digo pro segurança que vou tomar ar e mostro a pulseira. Ela me atropela, exacerbadamente feliz e com bafo de Big Apple:

– Viu como o Ian tá me tratando?

– Arrã.

Ela não entende a frieza em minha expressão porque está cega de novo. Começa a falar e quero arrancar a boca dela para dar de comida ao cachorro abandonado que come lixo em sacos pretos na esquina.

– Ele pediu desculpas por agir feito idiota, explicou que tem problemas com relacionamento e perguntou se eu perdoava ele. Claro que perdoei! Todo mundo sabe o que o Ian faz pelas minhas costas, eu só não queria admitir, e agradeço a você por ter sido um bom amigo, mas as coisas serão diferentes agora. E ele tá bêbado! Significa que é mais sincero, né?

Não.

– É. Talvez. É.

– O que houve contigo? – A felicidade dela me agride.

– Sei lá, senti falta do Breno.

O que é mentira. Até virar verdade por eu ter dito em voz alta.

– Não entendo por que você fez isso. Coitado, ele parecia gostar de você.

– Vai dar sermão, Amanda? Tô sem saco.

Gostava mesmo. Por isso estou sentindo raiva do Ian e de mim.

– Não. – Ela é paciente. – Só é o mesmo de sempre: você deveria gostar de quem gosta de você.

Olha quem fala. É só dar um conselho e pronto, curei a vida do Enzinho e podemos voltar a falar da minha. É isso que ela quer, que eu fique bem. Aí ela vai poder falar da felicidade em estar "de volta" com Ian sem se sentir culpada por eu estar uma merda. Mal sabe. Vou deixar ela se ferrar. Ela escolheu. Eu também escolhi.

– Aonde você vai? – ela pergunta, mas já estou longe.

O cachorro comendo lixo corre desesperado quando me aproximo do poste sujo e viro a esquina escura. Eu me sinto pressionado pelos muros altos. A tequila está me deixando um pouquinho enjoado. Saco o celular. Procuro por Breno. Preciso pedir desculpas. Preciso do perdão, mesmo que por mensagem de texto. É por que me sinto sozinho? Acho que não. Eu me sinto culpado. E estúpido, não sei.

"Desculpa eu ter sido babaca naquele dia", envio.

A ficha está caindo agora.

Preciso de perdão.

Só isso.

A resposta nunca veio.

Ian trouxe maconha e paguei com um beijo meio sem vontade. Não interessa como ele me puxa pelo cinto, não estou no clima. Ainda me sinto uma merda. Minha cabeça não está aqui. E acho que perdi meu coração tem tanto tempo... É outra coisa que faz barulho no meu peito. Bomba-relógio. Mas não explodo. O que fica entre minhas pernas murcha feito balão velho com efeito *time lapse*. É meu corpo refletindo o estado real do meu espírito: brocha.

– Tá de boa? – Ele está de joelhos e só levanta o rosto pra me fitar com olhos vermelhos de cannabis.

– Tá. – Não tá.

B.

– O que houve? – Ian ajeita a calça quando indaga. Acho que tá puto, apesar do sorriso. É uma máscara. Máscara de canibal. Hannibal Lecter calçando Vans.

R.

– Sei lá. – Eu me jogo de costas no sofá como um meteoro. Afundo a almofada e lanço bilhões de ácaros no ar. Vou espirrar daqui a pouco. Extinção da minha paciência.

E.

– Vou ralar. – Ian está segurando a maçaneta da porta. Parece esperar alguma coisa. Acho que quer que eu peça para ele ficar. Não vou. Não ligo. Não estou pensando nele agora.

N.

– Valeu – é o que formulo com a boca seca. Por dentro, até quero rir. Não dele, nem de mim, mas da ironia da situação. Sempre me achei acima de todo mundo porque (a) sexo nunca foi prioridade (b) estou muito chapado pra listar outros motivos. Mas é. Sempre me achei melhor por manter meus lados racional e emocional intactos na hora de separar meus instintos animais. E foi aí que troquei um cavalheiro por uma porta. Ian-porta. Coma torta. Estou com fome.

O.

Gasto um tempão afundado no sofá. Espirro. Penso que minha mãe vai sentir cheiro de erva quando chegar, mas tinha esquecido que ela nem volta hoje. Coquetel de escritores. Tem vodca e suco de uva na geladeira. Se prestei atenção nas aulas de química, são dois elementos que se fundem. Ok. Um copo do líquido roxo, dois dedos do transparente. Breno. Ele está na minha cabeça. Preciso pedir desculpas, me sinto mal. Jogo a mistura na pia. Perdi a vontade de beber. Eu não queria comer? Tem pizza fria. Está na geladeira há dias. Abocanho depois de encher de ketchup.

Ímpetos de caçar Breno no Facebook. Eu deveria deixar o garoto em paz. Não passar a informação errada de que só o quero porque não o tenho mais. E que talvez eu esteja arrependido. Fui eu quem escolheu a porta que não abre pra fora nem pra dentro. Ian-porta inútil. Ele só abre pra ir embora. Breno. Ah, merda! Merda, merda, merda! Que se dane Ian. Que se dane Breno. Que tal enterrar? Abro o Grindr, tenho algumas mensagens. Não prestam. Deslizo as fotos pra ver os homens disponíveis nas redondezas. Desinteressantes. *MachoBarra*. *SaradoZO*. *AtvRJ*. *BG-Barra*.

BG-Barra. Breno Gabriel. É ele. No Grindr. Online. Não dá pra ver o rosto todo, mas conheço o sorriso. A barba crescendo nas fronteiras do maxilar largo e quadrado. Meu coração está no telhado. Acho que a maconha estourou alguma veia, sinto formigar. Hemorragia interna. Ele voltou pro Grindr. E está sorrindo. Ele está bem e eu sou um lixo. Palmas. Breno me ignora porque sou uma árvore morta na história dele. Já foi, já era. Vou sair com outro cara. Esse ruivinho malhado que mandou mensagem há dois dias. Ele tipo:

"Td bem?"

Eu tipo:

"Local?"

E ele tipo:

"Direto ;) Tenho sim"

E eu meio que já estou no táxi. Ele mora perto e fica me esperando na calçada do prédio. É alto, do jeito que eu gosto. Tem sorriso brilhante, do jeito que ele gostaria que eu tivesse. Não tenho mais combustível pra sorrir. Acho que estou triste. Não sei de nada.

– Quer água? – ele pergunta na cozinha apertada do apartamento de sala ampla e varanda estreita. O espaço é bonito, comum e aparentemente temporário. Mas nem vou perguntar. Não quero saber.

– Não, valeu.

Eu me arrependo de ter jogado a vodca na pia. Coisa estúpida.

– Cerveja?

– Serve.

Ele abre a garrafa pra mim e sorri com a barbinha ruiva recém-raspada, contornando as covinhas dos lábios estufados. Parece tão vivo. Eu me freio para não enchê-lo de perguntas. Tenho curiosidade sobre a rotina, sobre quem ele é. Escrevo num blog que narra aventuras românticas da minha existência capenga e ele parece ser um ótimo protagonista. O dessa noite.

A gente não tem mais papo e ele me beija no corredor e vai para o banheiro à frente e depois para o quarto à direita. Mal tomei dois goles da garrafa e a largo em cima do rack do quarto branco. Ele beija com calma, mas me pega com agressividade. Ele me aperta com as pontas dos dedos. Eu me sinto excitar. Meu corpo não. Tem algo errado comigo. Ele é gostoso. Parece simpático. Qual o nome dele? Preciso saber? Acho que preciso. Acho que estou cansado de impessoalidade. Já basta o Ian. Eu sei o nome do Ian, mas não sei como é o rosto dele sem aquela máscara de dentes.

– Tudo bem? – questiona ele. Fico brocha. Não dá.

Não consigo parar de pensar no Breno.

– Desculpa. Eu tava saindo com um cara e acabei trocando por outro, só que essa decisão tá me incomodando. Só consigo pensar nesse rapaz que larguei. Hoje o vi no Grindr. Era pra você ser minha distração do que tô sentindo. – Resolvo ser honesto. Desnecessariamente. Mas ele é simpático, não se ofende. Pelo contrário:

– Fala com ele.

Ele pega a cerveja do rack e tira a camisa. Peito lindo, poucos pelos levantando sobre as colinas de músculos sem exageros. Ele tem jeito de ator.

– Qual seu nome?

– Galo. Saulo Galo, mas todo mundo me chama de Galo. – E deita ao meu lado. – Fala com ele.

– Tá me ignorando, já mandei mensagem, não responde. Olha, ele tá online. – Mostro o celular. Galo não diz nada, mas sorri como se estivesse caçoando. Depois entendo o porquê: com o celular dele na mão, procura *BG-Barra* e manda uma mensagem.

– O que você tá fazendo? – indago.

– Marcando um encontro comigo. Ele respondeu, que fácil. – E gargalha. – Vou mandar o endereço. Ele vai vir e você desce, simples.

Meus olhos brilham. Sinto minhas narinas arderem e me observo bem menos chapado do que estava. É como acordar e quero sorrir. Ele é um "anjo da Grindr". Pior trocadilho que fiz na vida.

– Boa sorte, Enzo. A gente se fala.

Dou um selinho nele e desço de elevador. Não fosse a certeza de que é o Breno que vou encontrar, afundar numa caixa de metal seria como descer ao estômago do Inferno feito batata na fritadeira.

Ele diminui a velocidade para ter certeza de que sou eu sentado no paralelepípedo do prédio. Antes que arranque com o carro, paro na frente do Range Rover e cravo meus olhos nos dele, pedindo clemência. Ele finge acelerar, faz barulho. Desejo que me atropele. Por isso não tenho medo de que o faça. Qualquer coisa para estancar os desperdícios da minha patetice admitida. Galo deve estar vendo o show da varanda do apartamento e sinto vergonha. Vergonha de implorar para que Breno saia do carro ou me deixe entrar. Afinal, só quero dizer como me sinto. E pedir desculpas. Só não me permito chorar. Inadmissível.

– Não quero falar com você!

– Me escuta, merda!

– Enzo, sai da frente do carro!

– Você sabe que não vou sair, você me conhece!

– Eu não te conheço! Sai daí!

– Para de gritar!

– Para você!

Os olhos dele estão explodindo de tão vermelhos. É raiva. Deve estar se segurando para não passar por cima de mim. No lugar dele, eu atropelaria. É por isso que quero pedir desculpas, por ser digno de atropelamento. Parece que eu estava brincando com ele. Não estava. Eu só não sabia que uma decisão resultaria em outra. Que, no fim das contas, tudo meu seria pela metade. Eu *sou* pela metade. Talvez seja tudo que eu possa ter, os cinquenta por cento da vida.

– Me deixa entrar – abaixo o tom. Estou exausto. – Nem que seja pela última vez.

Ele demora até empurrar a porta do carona, mas a gente não sai do lugar.

– Você inventou aquele perfil pra falar comigo? – Breno não tem medo de me olhar e isso me assusta. Eu o tinha tomado como um cara frágil, mas ele é oitenta mil vezes mais corajoso do que eu. Não tem medo do que sente. Já eu, me borro.

– Não, é um amigo. Breno, não tô brincando. Não tô sentindo sua falta porque briguei com o Ian ou nada do tipo. Pra ser sincero, achei que não gostava de você tanto quanto eu gostava dele, mas me enganei. E isso tem tocado na minha cabeça que nem vitrola quebrada, essa pergunta de "será que gosto dele porque não posso mais ter?". Preciso pedir desculpas porque meu peito tá pesado e às vezes não consigo dormir ou te tirar do meu cérebro e, puta merda, tentei muito. Hoje vejo as coisas melhor e *preciso* que você me dê outra chance. Sei que você também tá sofrendo, então pra que alongar? Por que a gente não...?

– Para – ele me interrompe, e não fala mais nada. Ainda me encara. Fixamente. Percebo que estou chorando agora. De medo. Porque sei o que ele vai dizer e não consigo entender por qual razão. Breno não consegue acreditar em mim. Meu ego está todo arranhado. Aí vem a marretada:

– Você acha que já conheceu garotos como eu. Eu já conheci garotos como você. Garotos que fizeram *exatamente* o que você tá fazendo agora. Sabe por quê? Porque garotos *como você* estão sempre atrás de garotos como você. Se perseguem em círculos pra ter do que reclamar, pra encher a cara nas noites de sábado com a desculpa de que se sentem sozinhos, de que é difícil encontrar gente que goste de vocês, que ninguém presta. Se os caras são carinhosos, são babacas. Se são indisponíveis, são interessantes. Se têm namorados, são sonhos de consumo. Não tem a ver com ser gay ou não, tem a ver com caráter. Vocês são egoístas que se acham grandes julgadores de caráter e fogem ao primeiro sinal de que alguém pode revogar as desculpas que vocês se dão. É a perseguição que enche seus egos, não o assentamento. E eu sou um cara de assentamento. Preciso de um namorado de maneira formal, de monogamia, de respeito. Quero apresentar esse cara pros meus pais um dia e dividir um apartamento, trabalhar por mim e pelo outro... Você *não* é esse rapaz. Nunca será. Você é o tipo que morre sozinho e frustrado por todos os amores que desprezou e deixou escorrer pelos dedos. Você é o cara que vai olhar casais e vomitar de remorso. Você é amargo e viciado em adrenalina. *Distante*. Por isso, não me procure mais. Desce do meu carro e esquece que existo. Você é tóxico. Vicia e mata que nem cigarro.

Eu não fazia ideia do tamanho dos sentimentos com os quais tinha brincado. Eu me arrependo mais ainda. E essas palavras doem. O olhar dele, despejando cacos de vidros nas minhas córneas, me estripa. Sou eu que nem ligo de chorar agora. De caminhar pra casa enquanto o Range Rover desaparece acelerado no escuro do bairro. Em casa, acho que vou desabar no chão da sala, mas meus pés se mexem automaticamente para a garrafa de vodca na geladeira. Tomo sem careta, sem respirar, e vomito na pia depois. Quero chamar a atenção de quem? O que estou fazendo comigo?

Não interessa. Não desisto de colocar álcool pra dentro. Só quando resta um dedo transparente na garrafa é que eu, balançando como num barco, consigo dormir. Desidratado, claro. E todo vomitado.

Ouço "Stay High (Tove Lo Flip)" no repeat. Por dias. Sei que essa música estava tocando quando beijei Ian pela primeira vez, só que agora faz mais sentido. "Você foi embora e agora tenho que ficar chapado o tempo todo." Tenho bebido mais que o comum, mas não chego perto de ser alcoólatra. Só caço diversão em dimensões paralelas à realidade até encontrar algo ou alguém que me distraia o suficiente. Filmes, séries, nada conta se me mantiver parado. Com a garrafa de vinho, apago as luzes do quarto e danço. Penso em começar a malhar. Ficar chapado com esforços físicos e dor. Desisto da ideia. Depois penso em mais Grindr, mas estou cansado de gente. Sem saco pras pessoas. E o Ian me procurou esses dias. Parei de responder. Aí, no sábado, ele aparece aqui e eu peço para ele ir embora pelo interfone. Tenho preguiça de abrir a Ian-porta.

– Mas eu te amo.

Quem ele ama? Quando? Está bom, valeu. Até parece.

Ele está bêbado. Eu também. Somos iguaizinhos mesmo. Ele só me quer porque perdeu. Eu só queria o

Breno pela mesma razão. Só quis o Ian porque não o teria. Somos farinha do mesmo saco, fora de validade. Vora de falidade.

– Vem pro aniversário do Caubói comigo.

– Vou ficar em casa.

– Não vou mais insistir, de boas.

– Valeu.

Mas acabo indo, sozinho, depois de horas. Eu me sinto ruim pela metade quando estou em casa. Na festa, fico nulo pela metade. A que espera milagres. Qualquer coisa além da constatação estercoral de que ficar em casa sozinho numa noite de sábado dói. Ian não está na festa. O pessoal que conheço passa feito sombra e pergunta se quero fumar. Acende, puxa, prende, passa. Índio não quer porra nenhuma, quer engolir fumaça. Levo dois baseados pra casa. Sou uma prostituta social: dou "oi" pro Caubói e ralo peito com drogas nos bolsos. Vivendo da generosidade inconsciente de estranhos.

Acendo um na sala e penso na minha mãe. De novo, ela não se encontra, crente que estou na cama ou no computador. Já te disse o nome dela? Não? Vai continuar sem saber. Ela gosta quando escrevo. Eu gosto quando ela acha que estou escrevendo. Insira aqui o barulhinho da seda queimando conforme puxo a brasa pelo cigarro de maconha. Sente o cheiro? Ela não vai sentir. Ian parece que sente: está no meu portão de novo, depois de descer do táxi. Com Amanda. Diz que não tem pra onde ir, que não quer levá-la pra casa dele. Apela dizendo que sou amigo da garota, que deveria deixá-la dormir aqui. Sei que quer entrar e sei que está usando a trêbada como convite. Sinceramente? Eu a deixaria na rua. Quando tenho a certeza de que eu faria isso, arreganho o portão e o deixo carregá-la até minha cama. Reclamo e encho um colchão de ar. Ela vai dormir nele. É mais fácil de lavar se ficar vomitado.

Mas ela não solta a mão do Ian. Tem força de gigante, como se estivesse possuída por um demônio católico. Irônica construção de frase. Ian ri da escrotice que é Amanda e me pede um baseado. Digo que não tenho, mas ele sentiu o cheiro. Acendo o que estava no bolso e fumo até a metade. Só pra ele fumar pouco mesmo e perceber que não o quero mais aqui. Ela ainda fica agarrada nele. Deito na cama sem escovar os dentes. Ele senta no colchão inflável e toca meu rosto. Pede um beijo. Tem algo errado com a cara dele. Não aceito. Não nego. Ele beija pele, músculo e mais nada. Mas eu desço da cama. Deito ao lado dele, no colchão. Tiro o cinto. Ele tira o dele. A gente não tira a camisa. Amanda não vai acordar. É um planejamento maior do que nossas cabeças insensatas podem conceber. É de uma força universal que esse encontro seja o último, para o bem da humanidade. Da sanidade. A gente transa e não geme. A gente grunhe pra dentro. O que está diferente no rosto dele é a falta de sorriso. Acho que, assim como eu, ele sabe que é uma despedida.

Por isso não precisa mais se esconder.

Não é como se eu pudesse fechar os olhos e deixar tudo pra trás. Apesar da vontade de reiniciar minha vida, moro no Rio de Janeiro. Aqui, tudo é pequeno. Todo mundo se conhece. Se não fisicamente, ao menos se viu pela internet, marcado na foto de alguma balada com bebida liberada. Mas sabe? Não aguento mais os mesmos amigos. Não gosto de fingir que não conheço Ian quando o encontro e que nossas histórias foram só rascunhos escondidos na gaveta. Escrevi sobre ele e não consigo pressionar "Publicar" na hora de expor pros meus poucos leitores o que realmente se passou dentro de mim.

Peço abrigo.

Peço dinheiro da passagem pra minha mãe.

Peço mais um pouco pra comida.

Ela libera o cartão de crédito.

E sinto vergonha por não trabalhar.

Mas quando chego em São Paulo, não faz diferença. Não tem Facebook e meu amigo mora com mais três caras. Todos universitários. Fico com um deles. Tenho história pra contar. Não gosto de baladas, mas nelas crio mais histórias. E mais. E depois de quase um mês, percebo que o tempo não cura nada. Ele só nos distrai do que está doendo. Meu amigo e os colegas dizem que não estou abusando da hospitalidade, mas me sinto um peso. Sinto que é hora de ir embora. Eles me levam até o aeroporto, me abraçam. O que eu peguei aperta minha bunda. Volto pro Rio como se não fosse possível. Penso em sair do país. O problema está na minha cabeça. Estou reclamando por estar de barriga cheia. Cólica de classe média.

Minha mãe me abraça. Senti falta dela. Ainda sou um bebê no colo. Eu me sinto pesado por ter fumado maconha em casa. E transado em casa. E bebido em casa. E odiado minha vida em casa. Olho para o computador e não tenho vontade de reviver em sociedades. Será que alguém perguntou se sumi? Será que se preocuparam? Que diferença faz?

Reclamo o velho hábito e madrugo de cara para o blog. Encho programações com posts e mais posts, um por semana, um para cada nome não lembrado em São Paulo. Principalmente, o tomo de três partes contando como me envolvi com Ian. Como gostei do Ian. Como não gostei mais do Ian. E como passei a amar o Breno. Como ainda me sinto sobre ele. Dói menos. Mas está lá, a sensação de que ele correu levando uma imagem errada de mim. Tatuagens que a gente se arrepende de fazer nos outros.

– Por que você não faz literatura? – minha mãe pergunta. Por que não faço literatura? Decido que vou me inscrever no ENEM quando abrirem vagas. Decido levar alguma coisa a sério, para além da metade que estou acostumado a ser e construir. Talvez ser cem por cento em algo me ajude a "cemporcentar" outros setores do que vivo. Cultivo essa esperança por dias. Uma semana. Mais que uma semana. E quando me sinto pronto para a reinserção social, abro o Facebook.

E perco o ar.

Tem uma mensagem do Breno entre as trinta e seis não lidas.

Será que quero saber o que tem ali? Claro que quero. Será que estou pronto? Claro que não. Ele está me descascando mais? Xingando e odiando? Ou fazendo o que minha esperança diz que fez: me dando mais uma chance? De novo as metades, cinquenta por cento para cada possibilidade. A data é de duas semanas atrás. Deveria ter olhado o Facebook antes. Deveria um monte de coisas antes. E outras nunca. Algumas talvez. Mas ele:

"Não sei se ignora minhas mensagens por estar puto. Tentei ligar, mas não consegui falar com você por alguma ironia esquisita também. Quase achei que fosse sinal para deixar o assunto morrer, mas não dá. Hoje sou eu quem se arrepende por ter dito um monte de babaquice e, que merda, preciso admitir que não concordo com metade do que falei que acho sobre você naquela noite. É por te admirar que me senti tão traído e é por isso que ainda gosto de você. Meus amigos me chamam de estúpido e não deixo de concordar. Apesar de saber que você pode cagar para esse texto e seguir em frente, não conseguiria dormir se não tentasse pela última vez. Preciso te ver, ouvir o que tem a dizer com meu coração aberto, porque ficar longe do que poderíamos ser rouba todo o sono que tento acumular de dia. É clichê, sei que a vida não é como nos filmes, mas acho que se for para ser, seremos. Eu e você, o mundo que se foda. Não quero ser só um capítulo do teu blog. Quero ser um livro imenso, quero te ensinar a ser e pertencer a alguém, estar com alguém, construir, dividir, sentir ciúmes, brigar. O pouco que conheci de você faz com que eu admita que há algo na sua essência que muda a vida das pessoas. Depois de passar por você, ninguém parece sair o mesmo. Não me sinto o mesmo. Assumi pra minha família e, apesar de ter dado a maior tensão, tá tudo bem. 'Bem', mas tá. Daqui a dois anos estará 'ótimo'. E depois 'maravilhoso'. E minha atitude partiu da sua coragem. Você é forte e... Ah, chega. Chega de te elogiar. Gosto de você, quero te ver e pronto. Se quiser me ver, me diz. Se não quiser, diga também.

Apenas diga alguma coisa."

Por que sempre me apaixono por quem não gosta de mim? Achei a resposta. Tenho medo de cuidar dos sentimentos dos outros. Amar é se sentir responsável pelas risadas e choros de um pai, mãe, filho, namorado, cachorro. É um preço para as qualidades imensas de ter alguém cuidando de você. Até ignorando a falta de afeto. É quando o amor vira obsessão. Dar e jamais receber. Depois de tudo, como eu negaria a mensagem do Breno? Não foi isso o que aprendi, que preciso estar com quem gosta de mim? Ou tentar? E tentar de novo?

Meus amigos sentiram minha falta. Amanda organizou uma festa de "boas-vindas" e me deu cascudos para eu nunca mais fazer isso. Desaparecer. Breno está comigo dessa vez. Mãos dadas. Estou disposto a aprender a cuidar. E ser cuidado. A ligar quando precisar de carona. A pedir pra comprar meu hambúrguer preferido quando eu dormir na casa dele. Já Breno está aprendendo que tudo que leu, viveu ou amou não se aplica a mim. Criatura mutável, sou vinho e água ao mesmo tempo. Doce, amargo e sem gosto a cada três horas. O que pode ser a cada trinta minutos.

Mas estamos aqui.

Tentando.

Sabe o que é diferente nele? Eu me apaixonei com o tempo. Com os outros, desapaixonei com o tempo. Antes era curiosidade. Carência, até. Virou obsessão. E sentimentos positivos. E a cada dia com ele, sinto que estou fazendo a coisa certa ao apostar na monogamia. Não é discurso moralista ou falso. Sinto falta das minhas aventuras e tenho medo de jamais sentir aquela adrenalina das ruas, de entrar em carros de estranhos para estacionar em apartamentos vazios de companhia. Só que com ele vem algo que nenhum homem amável-descartável trouxe: segurança. Aos sábados, não me sinto pela metade correndo atrás de gente. Com ele, tenho com quem beber. E sei que vou voltar para casa intacto. Virgem. Com ele, sexo nunca é casual. É sempre cerimônia religiosa. Idolatria. Nunca é curto. É divino. Inefável.

Ainda escrevo sobre experimentações. Às vezes, romantizo a maneira como ele vira a panqueca na frigideira feito um deus da gravidade. Quase sempre, me pego apenas olhando pra ele. Analisando o que, possivelmente, foi chamar minha atenção nele. E se também, seja lá o que tenha sido, vai acabar um dia. Não sei se acredito no "para sempre". Que bom que sou imediatista. Não consigo viver construindo um futuro a anos-luz. É o agora que importa. Hoje, amanhã, domingo, segunda, terça e quarta. No presente, o considero meu presente. E o que me faz sorrir é que, do ponto de vista daquela carinha de playboy apaixonado, sou o presente dele.

Eu o apresento como meu namorado e ninguém acredita. "O desapegado apegou." Depois de algumas conversas, não há quem não o adore. Quer conhecer meu mundo. Ser meu amigo. Isso me comove. É o que todo mundo quer e, quando consegue, cospe em cima. A gente gosta mesmo é de ter do que reclamar.

Ele chega. Ela o abraça. Ela o beija.

Ele é robótico, mas só eu sei. Eu sou o único que o enxerga.

– Tudo bem? – Ian aperta minha mão, O Sorriso esticando os finos lábios. Amanda e ele ainda estão enrolados. Ela parece feliz. Ele parece. Parece parecer.

Aperto "Publicar".

Fecho o notebook.

Desço as escadas.

Pulo no sofá.

Beijo meu namorado.

Ian é apenas um conto.